Niño, Jairo Aníbal, 1941
    Fútbol, goles y girasoles / Jairo Aníbal Niño ; ilustraciones de Jairo
Linares. -- Santafé de Bogotá: Panamericana Editorial, 1998.

    148 p. : il. ; 21 cm. -- (Literatura juvenil)

    ISBN 978-958-30-0490-2

    1. Cuentos infantiles colombianos 2. Fútbol - Cuentos infantiles 3.
Girasoles - Cuentos infantiles I. Linares, Jairo, il. II. Tít. III. Serie
I863.6 cd 19 ed.
AGE9358

        CEP-Banco de la República-Biblioteca Luis Ángel Arango

Fútbol, goles y girasoles

Jairo Aníbal Niño

Ilustraciones de
Jairo Linares

PANAMERICANA
E D I T O R I A L
Colombia • México • Perú

Decimoprimera reimpresión, marzo de 2018
Primera edición, abril de 1998
Autor: Jairo Aníbal Niño
© Irene del Carmen Morales de Niño
© Panamericana Editorial Ltda.
Calle 12 No. 34-30, Tel.: (57 1) 3649000
www.panamericanaeditorial.com
Tienda virtual: www.panamericana.com.co
Bogotá D. C., Colombia

Editor
Panamericana Editorial Ltda.
Ilustraciones de carátula e interiores
Jairo Linares Landínez
Diagramación
Carmen Elisa Acosta García
Diseño de carátula
Diego Martínez Celis

ISBN 978-958-30-0490-2

Impreso por Panamericana Formas e Impresos S. A.
Calle 65 No. 95-28, Tels.: (57 1) 4302110 - 4300355
Fax: (57 1) 2763008
Bogotá D. C., Colombia
Quien solo actúa como impresor.
Impreso en Colombia - *Printed in Colombia*

Contenido

Fútbol, goles y girasoles

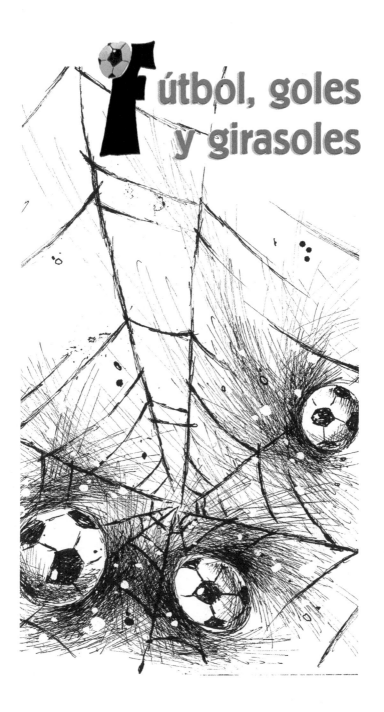

El crack

l estadio, desde hace un par de semanas, no tiene nada que hacer. El campeonato nacional de fútbol ha terminado y se reanudará después de la pausa que imponen las festividades de fin de año. El estadio está solo y nada es más solo que un estadio solo.

El viento es un recuerdo lejano de la voz de los hinchas, y empieza a caer una llovizna que cala los huesos, similar a la lluvia que recorre las manos de un portero ante la inminencia del trueno terrible que súbitamente estalla desde el punto del tiro penalti.

9

De manera extraña, la solitaria figura de un hombre ocupa un lugar en la tribuna. Y nada es más solo en un estadio solo que un hombre solo.

La soledad la rompe otra figura que aparece en la parte baja del estadio. Es un joven. Pasea su mirada a lo largo y ancho de la cancha. En la portería norte han florecido los dientes de león. Las florecillas amarillas parecen solecitos celebrando un gol. El joven descubre al hombre lejano de la tribuna. Sube ágilmente los escalones. De repente se detiene tocado por un extraño temblor.

El hombre sentado es el Pibe Valderrama. La melena rubia del legendario jugador ha cambiado con el paso del tiempo. Ahora es de un brillante color blanco. El futbolista acaba de cumplir setenta y tres años de edad. El joven lentamente se le acerca y se sienta a su lado. La llovizna ha cesado. El Pibe Valderrama no aparta sus ojos de la cancha.

–Pibe –dice el joven–, ¿qué hace aquí, solo, a esta hora, en el estadio?

–Juego. Juego al fútbol –exclama el Pibe Valderrama.

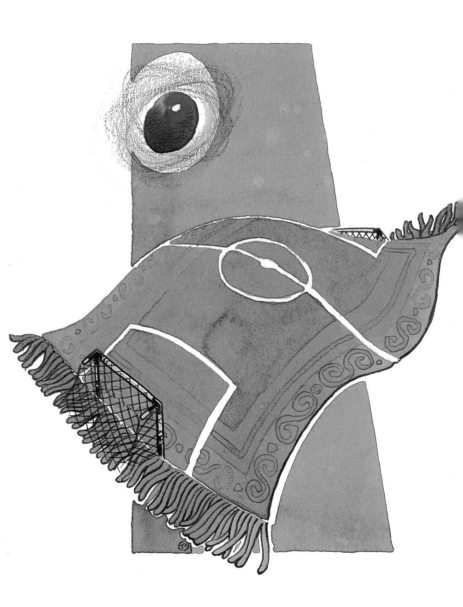

Arte mágica

−¿Usted ha visto una alfombra mágica? −le preguntó Aladino al camellero.

−No. No la he visto.

−¿Alguien ha visto una alfombra mágica recientemente? −preguntó Aladino a los habitantes de una aldea situada en lo alto de las rocas.

−No, no la hemos visto −contestaron los aldeanos.

Aladino continuó su marcha. Estaba desconsolado. La alfombra mágica no sólo era

13

un medio de transporte sino un lugar al que llegaban fácilmente los sueños y en el que el corazón era una estrella en las manos del tiempo. En la alfombra el aire creaba un tejido de ilusiones, un territorio para echar a rodos la alegría. Allí, el cuerpo se encontraba de manos a boca con movimientos sabios pertenecientes a la danza. Aladino no se conformaba con su pérdida. Su ausencia no sólo lo afectaba a él, sino que estaba convencido de que era una pérdida para todos los seres humanos. Aladino no canceló jamás la búsqueda de la alfombra voladora. Tiempo después llegó a una gran ciudad y, al doblar una esquina, se encontró con un niño.

–¿Usted ha visto recientemente una alfombra mágica? –le preguntó Aladino.

–Sí, la he visto –dijo el niño.

–¿Y en qué lugar se encuentra? –preguntó Aladino con ansiedad.

–Está muy cerca de aquí –explicó el niño.

–Por favor, lléveme a ese sitio –rogó Aladino.

El niño guió al viajero a través de las calles y finalmente llegaron frente a una edificación enorme.

–Ahí adentro está la alfombra mágica –dijo el niño.

Aladino y su acompañante penetraron en el lugar. Subieron por unas anchas escaleras y desembocaron ante un paisaje que parecía la sala de recibo del sol. Toda la luz cantaba en el aire.

–Ahí está –dijo el niño.

Aladino sonrió y no pudo contener las lágrimas de su alegría, al contemplar la enorme alfombra de intenso color verde. La alfombra había crecido. Ahora era una mágica cancha de fútbol.

Franciscana

Dicen que cuando san Francisco –en su humildad y en su sabiduría– inventó la pelota de trapo, la chutó con toda la fuerza de su pie, y la bola entonces fue una paloma negra y gorda que pasó de manera inatajable por el extremo izquierdo del arco iris.

Dios, conmovido con la exaltada alegría de su siervo, decidió que algún día crearía el fútbol.

Perseguidores

os balones irrumpieron violenta-
mente. Rebotaron a lo largo de un
pasillo y desembocaron en un salón bordeado por amplios ventanales. A los balones los seguía un
vociferante grupo de criaturas.

–Atrápenlo –gritó un balón.

–No lo veo –dijo otro.

–No es posible. Alguien lo delató e informó
que se escondía aquí –aseveró un tercero.

–A mí no me miren. Desde hace algún tiempo he permanecido callado –dijo un silbato.

–Es obvio que no está donde debería estar –dijo el fuera de lugar.

En ese momento aparecieron centenares de piernas y decenas de manos enguantadas. Las piernas estaban vestidas con las medias de los uniformes de reconocidos equipos de fútbol. Los pies calzaban guayos reglamentarios.

–¿Lo encontraron? –preguntaron un par de piernas ataviadas con las medias del Junior de Barranquilla.

–No. Si estaba aquí, llegamos tarde y se ha escapado –informó un silbato.

–Ésa es una falta imperdonable –gritó el penalti.

Con desinflado hilo de voz, uno de los balones cloqueó:

–Sin él estamos acabados.

Los tres palos del arco se movieron con ruidos y maneras de insecto inmenso y descoyuntado.

–¿A gracia de qué tanto alboroto? –dijo el arco–. Déjenlo ir. Permitan que haga lo que le dé la gana. A mí, francamente, me cae muy mal. Nunca lo he podido ver con buenos ojos.

Una pierna zurda muy hábil y una derecha que cojeaba encararon al arco y exclamaron:

–Guárdese sus opiniones. Encontrarlo es para nosotros un asunto de vida o muerte.

Un par de piernas cascorvas, vestidas con las medias del uniforme oficial del Manchester United, afirmaron:

–El caballero arco, con sus palabras que le merecerían por lo menos un tiro de esquina, simplemente trasluce su ancestral resentimiento.

El arco arrastró sus tres palos en dirección a la salida y, antes de abandonar el recinto, exclamó:

–Si tomó las de Villadiego, si desertó, si escurrió la bola, por algo será. Nadie podrá negar que es un presumido, un arrogante, un perdonavidas, un loco. Cree que después de él no hay nada ni nadie.

–Eso o algo parecido he oído antes –dijo un banderín de esquina.

–Si no estamos mal informados, esa es una frase de Luis XV. "Después de mí el diluvio" –afirmaron las piernas con las medias distintivas del París Saint Germain.

–¿Y ese tal Luis XV en qué equipo juega? –preguntó una pelota.

–Creo que en el de los Borbones –dijo otra pelota.

El arco, al salir, estuvo a punto de llevarse por delante al tiempo.

–Estoy agotado –dijo, al entrar, el primer tiempo.

–Hemos perdido el tiempo –afirmó el segundo tiempo.

–Les anuncio un descanso –dijo el descanso.

Un silbato dejó oír su voz, y durante quince minutos permanecieron inmóviles y silenciosos. Mas allá de los grandes ventanales se adivinaba el centro de la ciudad y la lejana mole del estadio. Un guayo abandonó el pie y se arrastró hasta un rincón. Su lengüeta colgaba de manera melancólica, los ojetes parecían apagados y los cordones sueltos semejaban la desesperada cabellera de una viuda.

De repente irrumpió en el lugar un silbato que chillaba a todo viento. De manera alharaquienta, gritó:

—Lo localizaron. Corran. Que no escape. Esta vez no podemos fallar. Atrápenlo.

Todos a una, en medio de una barahúnda fenomenal, abandonaron el sitio con la apremiante necesidad de encontrar al gol.

De nación

a fila india se movía con lentitud. Los viajeros avanzaban paso a paso en dirección a las cabinas de los funcionarios de inmigración. Al final de la hilera estaba un hombre joven. De su cuerpo se desprendía un aura saludable. Vestía un atuendo deportivo y en la pechera del suéter mostraba el dibujo de un guardameta en una estirada magistral. La figura se levantaba desde el ombligo del joven y detenía la pelota que amenazaba con pasar bajo el arco de la clavícula. La mirada del hombre conservaba el extraño fulgor y los párpados abiertos de par en par que permiten la entrada del asombro. Esa mirada es característica de los seres humanos cuando tienen doce años de edad.

Los viajeros colocaban sus pasaportes en las manos de los funcionarios y esperaban el tramacazo del sello que caía sobre el papel como un pájaro iracundo.

Cuando le llegó el turno al joven, el burócrata de inmigración detuvo a medio camino el golpe del sello y lo observó de manera glacial, e hizo un gesto en el que mezcló, en partes iguales, incredulidad, burla y prepotencia.

–¿Cuál es su nacionalidad? –preguntó el funcionario.

–Soy futbolausiano.

–¿Futbolausiano?

–Sí, señor.

–¿Cuál es el nombre de su país?

–Futboláus.

–Ese país no existe –gritó el burócrata.

En ese instante se escuchó el chillido de una alarma activada por el funcionario, y

acudieron al llamado unos guardias que, de manera amenazante, rodearon al joven.

–Le ruego –dijo el joven–, que antes de apresurarse a tomar una decisión, consulte la información que, relacionada con nombres, fronteras, requisitos, nacionalidades y etcéteras, debe tener a mano en su computador.

–Futboláus no existe –repitió el funcionario.

–Por favor, dele un vistazo a sus informes.

El funcionario estiró los labios, que adquirieron sobre su cara la forma de culito de gallina, imagen que desde el comienzo de los tiempos quiere decir: "Usted está loco".

–Por favor –insistió el joven.

El funcionario, como si fuera un emperador chino que mueve un dedo para salvar en el último momento a un condenado a muerte, pulsó unas teclas y observó de manera displicente la pantalla del computador. De repente, su rostro mudó de color, le tembló la barbilla y en sus ojos temblequeó la sorpresa. En la pantalla había aparecido el siguiente texto:

FUTBOLÁUS. PAÍS VERDE DE FORMA RECTAN-
GULAR. LA SUPERFICIE DE SU TERRITORIO ES
DE 120 METROS DE LARGO POR 90 METROS DE
ANCHO. EL CENSO OFICIAL INDICA QUE TIENE
23 HABITANTES. 22 SON ORIUNDOS DE ESE TE-
RRITORIO Y EL NÚMERO 23, QUE EJERCE LA
FUNCIÓN DE ÁRBITRO, PROVIENE DEL EXTRAN-
JERO. CUENTA CON UNA POBLACIÓN FLOTAN-
TE DE NÚMERO INDETERMINADO QUE SE SITÚA
EN UN ÁREA QUE SE HOMOLOGA AL MAR PA-
TRIMONIAL, COMPUESTA POR JUGADORES SUS-
TITUTOS, JUECES DE LÍNEA, DIRECTORES TÉC-
NICOS, PREPARADORES FÍSICOS, MÉDICOS,
MASAJISTAS, AGUATEROS, HINCHAS, ETC. SIS-
TEMA: DEMOCRÁTICO. GOBIERNO: DE EQUIPO.
MONEDA: EL BALÓN. FUE DESCUBIERTO EL 23
DE OCTUBRE DE 1863.

El funcionario, tembloroso, colocó el sello
en el pasaporte del joven y dijo:

–Bienvenido, señor.

–Gracias.

El joven avanzó a lo largo de un corredor,
abrió unas puertas pesadas y salió al aire
libre.

Domínica

Para Emilio, un domingo sin fútbol no era domingo. Era lunes. Y en ocasiones, el domingo era más domingo que nunca, como en aquella fecha en la que el Deportivo Independiente Santafé jugaba el último partido del campeonato contra su eterno rival, el equipo Millonarios. Al Santafé le bastaba con empatar para alzarse con el título. Si Millonarios ganaba, agregaba una estrella más a su camiseta azul.

Los tiempos y los espacios de esos días de fútbol los ocupaba Emilio con la fidelidad a

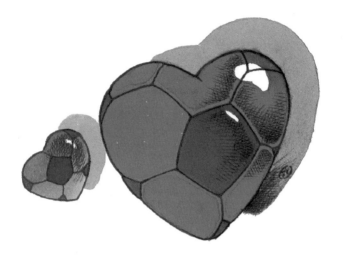

un ritual que se nutría de la historia familiar. El abuelo le dejó al padre de Emilio la herencia del amor al fútbol –y, por ende, al Santafé– y éste se la había entregado a él con el tesoro de una colección de banderines, carteles, un par de camisetas, el retrato autografiado de Alfonso Cañón y una carta que alguna vez le envió Ernesto Díaz, el inolvidable artillero del Santafé en el año glorioso de 1975, cuando ganaron su sexta estrella.

Fiel, entonces, a ese compromiso, y teniendo en la memoria y en el corazón los colores rojo y blanco del uniforme de su amado equipo, se vistió de camiseta roja, pantalón blanco y zapatos rojiblancos. Desayunó gelatina de cerezas con una generosa porción de queso blanco y prendió una veladora roja frente a la imagen de la Virgen de Fátima, invocando –con todo respeto– su presencia en el banco, a la diestra del director técnico.

Su afición le había enseñado a asimilar con sabiduría las dificultades, errores, derrotas, desilusiones, alegrías, triunfos, angustias, de ese partido que termina cuando Dios hace sonar el silbato que señala el último instante del juego de la vida. Entonces, con el corazón rebosante de pasión, salió de su casa rumbo al estadio.

Ocupó su lugar acostumbrado en medio de una vociferante pandilla de hinchas que se habían agrupado bajo el nombre de LA BARRA DE LA CANDELA. Lanzaban toda clase de denuestos en contra de sus rivales, y la sola presencia del color azul los descomponía hasta el paroxismo. Rugían, pataleaban, levantaban en alto los puños como si quisieran desfondar la cancha del cielo.

Aquel fue un partido que se jugó con una intensidad delirante. Centros, fintas, avances, túneles, tiros desde la media cancha, chilenas de infarto, estiradas en palomita que parecían una fotografía, tiros de esquina que por su peligro cortaban la respiración y tal cual codazo o zancadilla propinados con tan afinada astucia que el árbitro no tenía posibilidad de percibirlos.

Faltaban cinco minutos y treinta y siete segundos para terminar el partido. El marcador era cero a cero, y los hinchas del Santafé ya celebraban por anticipado la victoria. Entonces ocurrió lo inesperado, lo nunca presentido. Emilio la vio y fue como si a él le hubieran hecho un gol de taquito, como, si vulnerable y tembloroso, hubiera tenido que ir al fondo de la red a recoger esa pelota que se le había anidado en el alma.

Primero la vio de perfil. La suave redondez de su frente, la nariz respingada, los labios con una humedad de flor del amanecer, el cabello que le caía sobre la espalda como una cascada de aplausos.

Tal vez atraída por la fuerza de su mirada, ella, que se encontraba varias filas abajo, volteó la cabeza, y entonces Emilio percibió dos

maravillosos ojos negros que se le venían encima. Nunca había sentido tanta emoción. ¿Cómo es posible que una muchacha desconocida lo perturbara de tal manera? Tenía la convicción de que eso que llaman amor a primera vista es una solemne estupidez. No existe. ¿Pero, entonces, por qué temblaba como si fuera un niño que recibe de los Reyes Magos su primer balón de fútbol?

Ella le sonrió y él levantó la mano que era la imagen de un ave sofocada y sudorosa. Emilio no tenía ojos para la cancha sino para ella. Escuchaba los rugidos de la multitud como si provinieran de un campo situado en la ausencia.

Pero de repente el estadio quiso venirse abajo. Los alaridos parecían tener la fuerza suficiente para ser oídos en el Polo Norte, tembló el mundo, y Emilio la vio levantarse como en cámara lenta, subir al espacio, catapultada por el júbilo. La figura de la muchacha era la imagen desatada del triunfo, y entonces sintió que sus huesos se hacían polvo cuando vio que ella levantaba en alto la ondeante e insolente bandera azul del equipo Millonarios.

Emilio fue el último en salir del estadio. A lo largo del pavimento, el sonido de sus pasos solitarios se percibía como si proviniera de un par de balones desinflados. Le dolían el aire, la piel, los pensamientos.

Pero su afición le había enseñado a asimilar con sabiduría las dificultades, errores, derrotas, desilusiones, alegrías, triunfos, angustias, de ese partido que termina cuando Dios hace sonar el silbato que señala el último instante del juego de la vida. Entonces, el domingo siguiente, con el corazón rebosante de pasión, salió de su casa rumbo a la plaza de toros.

El equipo de fútbol más malo del mundo

on la palma de la mano dio un golpe sobre la mesa. Los vasos de jugo de naranja se bambolearon unos instantes, y de las galletas colocadas en una canasta se levantó una nube de harina.

–¡Claro! –exclamó el hombre–. ¿Cómo no lo había pensado antes? Se me acaba de ocurrir una idea genial.

Frente a él estaba sentada a la mesa una mujer arropada con una bata de color verde.

Era muy joven. Abrió de par en par los ojos sobresaltados y, como si de ellos salieran las palabras, dijo:

—Les tengo miedo a tus ideas geniales.

—Por fin se van a cumplir mis sueños —dijo el hombre.

—Ojalá —concedió la mujer—. Pero acuérdate de que tus ilusiones no te han llevado a ninguna parte.

—Seré uno de los más grandes directores técnicos de fútbol de que se tenga memoria. Ya lo verás.

El hombre se levantó de la mesa y se movió a grandes zancadas de un lado a otro.

–Seré tan grande como Helenio Herrera, Carlos Salvador Bilardo, el lobo Zagalo y Francisco Maturana, juntos –exclamó el hombre.

–Los sueños sueños son –dijo la mujer en un tono de voz que pretendía ser cariñoso–. No te han dado ninguna oportunidad en un equipo profesional. En las ligas inferiores y juveniles, tampoco. No has tenido más remedio que dar clases de educación física en escuelas y colegios.

–El fútbol es una enfermedad en mi familia –dijo el hombre–. Mi padre jugó bajo las órdenes de Adolfo Pedernera y, si mi hermano no sufre el accidente que le costó la rodilla, a esta hora sería tan grande como el Pibe, Salas o Ronaldo.

–A tu hermano no le ha ido tan mal fuera de la cancha.

El hombre desestimó la voz de la mujer. Sin poder mantenerse quieto, exclamó:

–Yo nací para ser director técnico. Fui un buen jugador, pero mi meta, mi sueño, era la dirección técnica. ¡Qué curioso! Casi todos los que se meten al fútbol lo hacen con la ilusión de ser estrellas, cracks, en el césped. Yo, en cambio, desde niño, siempre quise estar fuera de la cancha, a la manera de un director de orquesta.

–Como jugador no lo hacías mal –dijo la mujer.

–¿No entiendes? –se quejó el hombre–. La mayoría de los que llegan a la dirección técnica lo hacen como si ésa fuera una jubilación. No siempre el que ha sido un buen jugador llega a ser un buen director. Se necesita un talento especial, un don, una pasión, una inteligencia que juega sentada. El fútbol oirá hablar de mí.

La mujer se levantó de la silla y se acercó al hombre, que se había detenido frente a la ventana. Abajo circulaban los autos, y a lo lejos los cerros de la ciudad se mostraban compasivos, gracias al color verde de sus laderas. El hombre miró a los ojos a la mujer y con voz firme dijo:

–Seré el director técnico del equipo de fútbol más malo del mundo.

A la mujer le temblaron los labios. Creyó que no había oído bien las palabras del hombre.

–¿El director técnico del equipo de fútbol más malo del mundo? –balbuceó la mujer.

–Así es. El equipo estará integrado por jóvenes hábiles y talentosos. Nos prepararemos física y mentalmente para perder todos los partidos.

–Pero... –tartamudeó la mujer.

El hombre la interrumpió y exclamó:

–No te estoy hablando de un fraude. Muchos equipos hacen trampas para ganar. Nosotros no haremos ninguna para perder. Será un equipo de atletas vigorosos, de excepcionales condiciones para el juego, preparados a conciencia en las artes de la derrota. Jugaremos como lo hacen los demás, respetaremos la esencia del fútbol, le rendiremos tributo al propósito de hacer goles y evitar que nos los hagan, pero en nuestro caso, a pesar del talento, de la capacidad física, del hecho de jugar con todo el corazón, perderemos siempre.

–No te entiendo –dijo la mujer.

El hombre tomó las manos de la mujer y la acercó a su cuerpo.

—Además, con eso vamos a complacer a una parte muy importante de la hinchada —dijo el hombre—. ¿No has notado que muchos van al estadio con la inconfesable esperanza de que su amado equipo pierda? En numerosas personas hay una predisposición para el dolor. No es que sean mala gente, es que eso tiene que ver con nuestra naturaleza. Algunos aficionados al automovilismo o a los toros, de manera inconsciente, esperan que el espectáculo termine en tragedia. Estoy seguro de que con mi propuesta estoy descubriendo una parte sabia y profunda del fútbol.

El hombre salió dando un portazo y la mujer, frente a la ventana, rió y lloró al mismo tiempo.

Nunca se había visto nada parecido. El equipo de fútbol más malo del mundo era una verdadera sensación. A dondequiera que iba convocaba multitudes. Sus hinchas se contaban por millares, y la admiración de los aficionados no se podía sustraer ante ese equipo de jóvenes deportistas que se movían en el campo con un vigor y un fervor nunca antes vistos, pero que habían llevado la torpeza a tal perfección, que jamás de los jamases se acercarían al triunfo. Tímidamente algunos intentaron, sin éxito, imitarlos, y un famoso periodista deportivo tituló en cierta ocasión, una de sus crónicas de la siguiente manera: GLORIOSA DERROTA DE LA SELECCIÓN. GRACIAS A DIOS, PERDIMOS.

Era tal el entusiasmo que había levantado el equipo de fútbol más malo del mundo, que la FIFA contempló la posibilidad de or-

ganizar el Campeonato Mundial de Fútbol de la Derrota. Como un paso en esa dirección, organizó un encuentro que tuvo ribetes históricos. El equipo de fútbol más malo del mundo versus la Selección Brasil. Muchas ciudades se disputaron el privilegio de organizarlo, pero finalmente ese honor le fue concedido a Bogotá. Las entradas se agotaron en tiempo récord y se revendían a precios astronómicos. Aficionados de todas partes del mundo se congregaron en la ciudad para ver el partido.

Aquel domingo todo era perfecto. El sol, la euforia, la fiesta en las tribunas, los himnos de las barras, el milagro del fútbol que extendía sus alas a lo largo y ancho del mundo. Millones y millones de personas verían el encuentro gracias a la televisión y los hinchas que habían adquirido boletos para las tribunas populares llegaron al estadio con dos días de anticipación.

Cuando sonó el silbato que ordenaba el comienzo del encuentro, todos sintieron que se abrían las puertas del prodigio. El equipo de fútbol más malo del mundo jugaba tan mal, de manera tan torpe, tan descoyuntado en todas sus líneas, tan equivocado en sus pases, chutes, taquitos, toques, regates, jugadas de laboratorio, remates, túneles, fintas, voleas, que la contemplación de su magistral ineptitud, de su perfecta y acabada incompetencia, era un privilegio para los que asistían al partido y una maravillosa revelación para los que en cualquier punto del planeta amaban el fútbol.

Los jugadores del equipo de fútbol más malo del mundo se movían en el césped como pájaros sin alas, como caballos cojos, como ángeles aturdidos, y lo hacían con la

pura y loca alegría que había dado origen al juego desde el comienzo de los tiempos.

Transcurrieron noventa minutos de juego y, como no habían ocurrido interrupciones notables, era previsible que el árbitro no consideraría tiempo de reposición. La Selección del Brasil, tal vez como un secreto homenaje al fútbol más malo del mundo, sólo ganaba por el marcador de uno a cero. No eran necesarios más goles para deslindar diferencias. Un recóndito sentimiento de ternura había surgido en el corazón y en los pies de los jugadores brasileños. Fácilmente hubieran podido hacerle cincuenta goles al equipo de fútbol más malo del mundo, pero no era preciso. La Selección Brasil la conformaban –al fin y al cabo–, considerados y corteses caballeros del fútbol.

El árbitro estaba tan complacido por el juego del equipo de fútbol más malo del mundo que, para su gusto y el de los espectadores de dentro y de fuera del estadio, decidió prolongar el cotejo dos minutos más. Y entonces ocurrió lo que hasta hoy nadie ha sido capaz de explicar. El centro delantero del equipo de fútbol más malo del mundo chutó un balón que como era de esperarse, torpemente se saldría del campo. Pero algo muy extraño, muy raro, aconteció. El balón se elevó, se detuvo una fracción de segundo en el aire, cambió súbitamente de dirección y, como una bala, se incrustó en la portería de Brasil. Un empate era una catástrofe para los brasileños y para el equipo de fútbol más malo del mundo. Faltaban pocos segundos para terminar el encuentro y los brasileños, a pesar del afán, estaban seguros de que, dada su sapiencia, su brillante historial, la calidad de sus estrellas, harían fácilmente el gol que les daría el triunfo. El árbitro ordenó un saque de puerta a favor de Brasil. El portero pateó la pelota. El balón golpeó las espaldas de un zaguero brasileño y la bola, ante el estupor de millones de personas, rebotó y se introdujo en la portería de Brasil.

Cierto tiempo después, el equipo de fútbol más malo del mundo desapareció. Jamás se pudo reponer de esa victoria.

Los hinchas

Euclides y Daladier eran los hinchas perfectos. Habían entrenado sus corazones para el arrebato, y el fútbol era en ellos amor a los cuatro vientos y aullido y zapatazo y temblor y fiebre y relincho y alarido e infierno y paraíso.

Vivían de lo que ganaban acarreando bultos en la plaza de mercado y en ocasiones se enfrentaban a lo que ellos consideraban haber pisado mala hierba. Ocurría cuando carecían del dinero para comprar las boletas

55

que les permitirían entrar en el estadio. Luchaban a brazo partido para superar esa catástrofe, pero a veces sólo alcanzaban a reunir el costo de una entrada. En ese caso echaban a la suerte el privilegio de ver el encuentro. Pero lo que demuestra que eran los hinchas perfectos se relaciona con el compromiso que adquiría el que había sido tocado por la buena fortuna. Al salir, tenía que contarle el partido al otro. Jugaban entonces un fútbol de narración oral, y ocurría algo que es difícil de conciliar con la razón. Sin que ninguno de ellos se lo hubiera propuesto, de manera absolutamente natural, más allá de cualquier cálculo, el cuento del partido duraba exactamente el mismo tiempo que se había empleado en la cancha. Noventa minutos, cuando el árbitro no había agregado tiempo de reposición. Y en el intermedio del relato transcurrían quince minutos, y en ese espacio Euclides y Daladier permanecían gozosos y en silencio, ocupando sus lugares en un estadio que siempre tendría para ellos las puertas abiertas.

La camiseta

ntonio Julio estaba convencido de que el planeta Tierra y la luna y el sol y todas las estrellas eran balones que pertenecían al equipo de fútbol de Dios.

Había llegado a los doce años de edad con la certidumbre de que su profesión sería la de jugador de fútbol y en aquel momento soñaba con tener en las manos una camiseta del Tino Asprilla.

En el tiempo libre que le dejaba la escuela trabajaba en diversos oficios con el fin de ayudar al sostenimiento de la casa y ahorrar unas

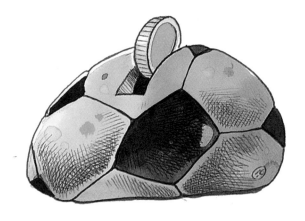

monedas con las que compraba las boletas para el fútbol. No se perdía un partido en el que estuviera presente el Tino Asprilla. El anhelo de poseer una camiseta del jugador lo conducía a los hoteles en los que se alojaba el equipo de la Selección Colombia, en las ocasiones en las que jugaba en la ciudad, o llegaba muy temprano al estadio y montaba guardia en la puerta por la que hacían su entrada los jugadores, o esperaba con paciencia en la boca de los camerinos cuando los partidos habían finalizado. Nunca pudo traspasar la barrera de los funcionarios, o de los directivos, o de los guardias y policías; o la pared de los hinchas privilegiados, que todos a una le impedían llegar a Faustino Asprilla.

Tal vez para ellos, un niño de doce años de edad, que simplemente sueña con acercarse al jugador que admira con el fin de saludarlo, o solicitarle un autógrafo, o pedirle el obsequio de su camiseta, siempre está en fuera de lugar. Antonio Julio era muy tímido y, sin decir palabra, permitía que lo empujaran al borde del mundo hasta la línea en la que se sentía como un balón fuera de juego.

Una tarde, inolvidable para Antonio Julio, la Selección Colombia se presentó en el estadio Nemesio Camacho EL CAMPÍN. Jugó contra un equipo alemán de primera división. El juego fue de una deslumbrante belleza. Inspirados por la sencilla e impredecible arquitectura del juego, los equipos rebasaron marcas, tácticas y esquemas y se encontraron en el misterio y la fascinación elementales de una esfera de cuero. No siempre ocurre, pero aquel día jugaron con el espíritu con que los niños corren detrás de un balón con el despropósito de gozar, reír y salvar el alma, y entonces el fútbol se extendió como si fuera un canto ejecutado por veintidós voces y el contrapunto del silbato del árbitro y el desgañitado coro de los hinchas.

Antonio Julio, antes de que terminara el partido, se abrió paso hasta las puertas del camerino. De repente vio venir al Tino Asprilla. El niño no pudo musitar palabra. Tembló y finalmente sonrió, y su sonrisa parecía un torpe saque de banda. El Tino Asprilla le sonrió a su vez, y su sonrisa era un amistoso cabeceo parado y corriendo. Súbitamente, Faustino Asprilla colocó en las manos del niño su camiseta y se perdió de vista en el interior del camerino.

Antonio Julio salió lentamente del estadio. La noche había caído sobre la ciudad y las luces de los automóviles hacían chisporrotear los puentes y las avenidas. La camiseta amarilla calentaba la soledad de sus brazos.

Unas sombras agudas se dibujaron sobre el pavimento y Antonio Julio alzó la cabeza y percibió a los cuatro o cinco muchachos que se le echaron encima con la intención de despojarlo de la camiseta del Tino. Él se defendió como pudo, pero sus agresores le propinaron una lluvia de puñetazos y de puntapiés y le arrancaron la prenda de las manos. En el último instante, Antonio Julio

se percató de que una de las mangas se había descosido en el forcejeo. Luego, se dobló por el efecto de una patada en el vientre. Ovillado, sobre el piso, agobiado por unas inmensas ganas de llorar, supo una vez más del sabor a sal de su sangre.

Antonio Julio anduvo semanas enteras con la pena a cuestas. Se había acostumbrado a dar largos paseos que lo conducían indefectiblemente a las puertas del Nemesio Camacho. Allí, para su consuelo, se encontraba con don Epaminondas Ruiz, viejo celador al servicio del estadio, que lo recibía con afecto y lo alegraba con interminables historias de fútbol. Según él, había sido un espléndido jugador al que las malas artes de una bruja le habían impedido llegar a las alturas de Pelé o de Beckenbauer. Don Epaminondas juraba que había sido amigo personal de jugadores legendarios, y de sus recuerdos y de sus labios se desprendían los nombres de Alfredo Di Stefano, Maravilla Gamboa, Daguia, Marino Klinger, Tabaco Escobar, Sinisterra, Cóndor Valencia, Abadía y Willington Ortiz.

–No te preocupes por la camiseta de Faustino Asprilla –le dijo una tarde don Epaminondas.

–¡Y cómo no me voy a preocupar si la he perdido para siempre! –contestó el niño.

–Tal vez eso no sea completamente cierto –afirmó el viejo–. Ella puede regresar a tus manos cuando menos lo pienses y en la forma que menos imaginas. ¿Sabes que algunas de las camisetas de los grandes jugadores de fútbol poseen una magia que muy pocos conocen?

–¿Magia?

–Por supuesto. Esas camisetas no son simples prendas de un uniforme. El futbolista genial juega gracias a una gracia que le ha concedido la vida. Entonces, en el espacio y en el tiempo del juego, suceden cosas de prodigio. No siempre pasa, pero en ocasiones son tantas la verdad y la inteligencia y el contento que bullen en esa cancha de fútbol que el jugador tiene por dentro –otro césped–, que una camiseta accede a la vida y unos guayos, solos, se pueden ir por ahí, a caminar por el mundo.

–No te entiendo –dijo el niño.

–El que tenga ojos que vea y el que tenga oídos que oiga– sentenció el viejo.

Don Epaminondas se levantó del taburete en el que había estado sentado y emitió un silbido muy agudo. Al llamado acudió una perrita de ojos vivaces.

–Se ha decolorado un poco pero, si la miras con atención, sabrás de qué se trata –exclamó el viejo.

El niño observó largamente al animal, pero no descubrió en él nada especial. El viejo tomó la perrita en sus brazos, levantó con la mano la pelambre del lomo, y el niño vio en la espalda del animal un refulgente número 10 que palpitaba y que provenía del interior de su cuerpo. Un número 10 que parecía surgir de los campos de su sangre.

–Esta perrita es una de las camisetas que perteneció a Edson Arantes do Nascimento, Pelé –dijo el viejo.

–¿Esta perrita es una camiseta? –preguntó el niño.

–Así es –afirmó el viejo–. Las cosas son y no son lo que parecen. Algunas de las prendas de los cracks se van, se vuelan y asumen distintas formas y apariencias. Una vez conocí una camiseta de Garrincha que se había convertido en pájaro, como el nombre de su dueño. Las garrinchas son unos pajaritos del Brasil. Y en otra ocasión vislumbré un suéter que tenía la apariencia de una ilusión y había pertenecido a Ladislao Kubala, y en la biblioteca de mi pueblo se encuentra un libro sobre fútbol y él es ni más ni menos que una bufanda que perteneció al doctor Zico, y hace poco me visitaron un par de gatos negros que eran, a no dudarlo, unos guayos de Arnoldo Iguarán, y allí, en el alero, han anidado dos golondrinas oscuras que tienen la pinta de unos guantes de René Higuita.

–¿Y uno cómo hace para encontrar esas apariciones? –preguntó el niño.

–Repito una frase muy conocida –aseveró el viejo–: Jamás encuentras, ellas te encuentran.

Antonio Julio sonrió con escepticismo.

–No te rías –dijo el viejo–. Sólo son posibles los sueños. Lo demás no existe.

El domingo siguiente Antonio Julio acudió a ver el partido entre los equipos Millonarios y América de Cali. Al salir del estadio, se le acercó la perrita de don Epaminondas. El niño la abrazó y supo que el animal lo vestía amorosa y serenamente. Antonio Julio llegó a su casa y se dirigió a la alcoba, donde su madre inventaba un vestido de novia en su máquina de coser.

–¿Cómo te fue? –preguntó la mujer.

–Bien –dijo el niño.

–Te he notado muy afligido en los últimos días.

–No es nada.

–¿Tienes dificultades en la escuela?

–No, mamá, ninguna.

–En la mesa está servida tu cena.

–Gracias, mamá.

El niño se detuvo en el umbral y dijo:

–Es un vestido muy bonito.

–Es para Esmeralda González. Se casa la próxima semana.

–Qué bueno.

–¿Te alegras?

–Sí. Ella es una buena aficionada al fútbol. Con frecuencia la encuentro en el estadio.

–Ella merece ser feliz –dijo la mujer.

–Ella es feliz –afirmó el niño.

Antonio Julio apenas probó la comida. Subió a su cuarto y se echó sobre la cama. No podía olvidar que una de las camisetas de Pelé, con la mirada cálida y el hocico húmedo, le había movido amigablemente la cola.

Al amanecer, el niño fue despertado por unos ruidos que provenían de la ventana. Se levantó presuroso y se encontró de manos a boca con una guacamaya amarilla que se había posado en el alféizar de la ventana. Supo entonces que había llegado a su casa una de las camisetas de Faustino Asprilla. Supo también que era la misma que el jugador había puesto en sus manos. Recordó la manga descosida en el forcejeo cuando descubrió la herida del ala. El niño curó a la guacamaya y le dio de comer y de beber. Horas más tarde, el ave amarilla abrazó al niño con sus alas y luego emprendió el vuelo. Antonio Julio contempló a la guacamaya que hendía el aire y comprobó que, más allá de toda duda, era la camiseta del Tino Asprilla, que ascendía rumbo al sol y que, como lo hacía el Tino cuando metía un gol, daba una y otra vez vueltas de campana en la cancha del cielo.

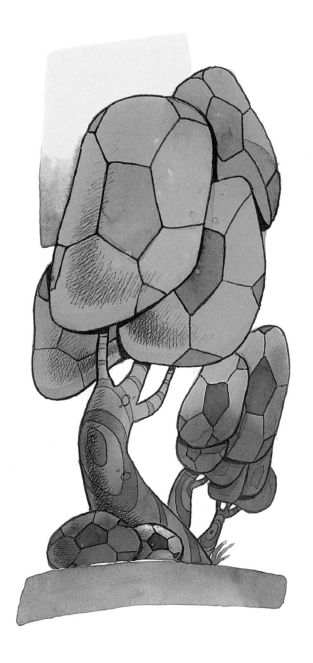

Hermanal

acieron en el mismo barrio y desde niños compartieron las calles polvorientas, la escuela sin cristales en las ventanas, los helados de guayaba agria, los patios de sus casas que se unían gracias a la vecindad y formaban un solo espacio en el que se levantaba el paraíso de los árboles de matarratón, a cuya sombra pululaban lagartijas de un color azul dorado tan intenso que parecían ojos de muchachas echados a rodar por las artes de una hechicera de Taganga. Ojos con rabos refulgentes que algún día encontrarían las caras de las muchachas ciegas que desde siempre los estarían esperando.

Pero lo que realmente precipitó la hermandad fue el campo de juegos. Un lote polvoriento en el que jugaban interminables partidos de fútbol con una pelota de trapo. Nada se podía comparar a esa alegría de chutar la pelota y levantar tal polvareda que en ocasiones amigos y adversarios se hacían invisibles. Y cuando llegaba el gol era una fiesta, la sensación de tocar el sol con la punta de los dedos, la ilusión de beber con ansiedad un vaso de corazón. Y corrían y corrían y corrían como ángeles desharrapados con

las alas en los pies, y desde aquellos tiempos hicieron un pacto y juraron que no harían otra cosa en el mundo, así vivieran cien años, que jugar al fútbol.

Y cumplieron el compromiso. Una tarde, alguien vinculado al fútbol profesional los vio jugar un partido en la orilla del mar. Al instante le llamó la atención ese par de muchachos altos, vigorosos, sonrientes, que tocaban la pelota con sorprendente sabiduría y que hacían gala de un instinto, una fuerza y una dulce ferocidad propias de los tigres que juegan.

En el momento en que firmaron su primer contrato, el funcionario encargado de los trámites legales levantó sorprendido la mirada al escuchar los nombres de los jóvenes.

–Yo me llamo Rómulo –dijo uno.

–Y yo Remo –afirmó el otro.

–Qué curioso –dijo el funcionario–. Tienen los nombres de los fundadores de Roma.

–¿Los fundadores de Roma se llamaban Rómulo Martínez y Remo Erazo? –preguntó con sorna Rómulo.

–Nuestras familias son muy unidas y esos nombres los sugirió mi madre, que era maestra de escuela –dijo Remo.

–Somos como hermanos –admitió Rómulo con tono conciliador.

Aquélla fue la única temporada en que jugaron juntos. Más tarde sus pases fueron vendidos a otros equipos y en no pocas ocasiones se encontraron como rivales en el campo.

Para Rómulo y Remo jugar era la vida. Era dolor, placer, congoja, preguntas, sed, soledad y compañía. En el fútbol encontraban las sensaciones y los pensamientos de la existencia. Jugando sabían de verdad a qué sabe y a qué huele la vida. ¿El abrazo no era un pase? ¿El amor no era un encuentro? ¿La muerte no era una rodilla inútil? ¿La fiesta no era un desborde? ¿Los hijos y las hijas no eran goles? ¿La ausencia no era un fuera de lugar? ¿La ilusión no era un regate?

Como todos los futbolistas que son y han sido, tuvieron tardes de gloria y días de desdicha. Aprendieron pronto a colocar en su sitio las opiniones y los comentarios que un día los trataban como dioses, porque habían

contribuído al triunfo, y al día siguiente los calificaban de troncos despreciables, a causa de la derrota. Accedieron a la aullante emoción de los hinchas, y en todas las circunstancias se sentían agraciados y agradecidos por el privilegio de hacer lo que amaban.

Envejecieron y, a regañadientes, salieron de las canchas. Rómulo se radicó en Nueva York con la idea de cimentar un capital y con los posibles conseguidos, retornar a su país. Remo volvió a su ciudad natal y se instaló con su familia en la casa de su infancia y les enseñó a sus hijos y a sus nietos a jugar al fútbol con una pelota de trapo en el campo polvoriento de siempre.

Rómulo y Remo se escribían todas las semanas. Para ellos las cartas, eran de hondo significado. Les permitían saber de sus penas y de sus alegrías. Cada carta era como un balón de papel que el uno lanzaba y el otro recibía y lo devolvía como un pase sereno en el césped de la distancia.

La idea, entonces, surgió de manera natural. Inventaron el fútbol por correspondencia. Si los ajedrecistas jugaban por medio de

las cartas, los futbolistas podían hacerlo también. Dibujaron, con el ingenio propio de su conocimiento y de su amor al deporte, una cancha milimetrada. Sobre el papel estamparon líneas, gráficos y cifras. Ayudados por dos pares de dados, uno con números y otro con letras, dieron paso al más hermoso y prolongado partido de fútbol de que se tenga memoria. El uno en Nueva York y el otro en Santa Marta, se sentaban a una mesa verde las tardes del domingo a consignar sus jugadas. Le había correspondido el saque inicial a Rómulo. Remo recibía la carta y sólo podía abrirla el domingo a las tres en punto de la tarde. El lunes respondía con un chute lar-

go a Nueva York. Rómulo hacía lo propio en la ciudad de los rascacielos.

Pasaron los años sobre las canchas de papel y un día Rómulo sufrió un colapso y supo que se le había acabado el segundo tiempo de la vida. Tuvo fuerzas para hacer la última jugada y no se murió sin antes comprometer a uno de sus hijos para que colocara la carta de manera inmediata en el correo.

Cuando Remo recibió la carta, cayó inerte sobre el piso y la última visión que tuvo de la vida fue la de las maravillosas lagartijas azules que por fin habían encontrado los rostros de las mujeres ciegas, y ellas, entonces, desplegaron en el aire de la eternidad la bandera del equipo de fútbol que más había amado en su vida.

Cierto tiempo después, un hijo de Remo reunió las cartas y, al cotejarlas, descubrió que la última de ellas contenía un gol de Rómulo. Marcador final: Rómulo cinco– Remo cinco. Era un empate. Una digna división de honores.

La Copa Universal

os jugadores saltaron a la cancha y el graderío se estremeció y un bosque de brazos se alzó en una demostración de loco entusiasmo.

El partido sería una decisiva referencia no sólo para conceder la Copa Universal al Mejor Jugador del Año –uno de los trofeos más estimados en el ámbito del deporte– sino que serviría también para ganar o perder una batalla en la legendaria rivalidad entre Atlantes y el Deportivo Independiente Central, quizás los equipos más grandes de la historia.

El trofeo al mejor jugador del año había ganado un terreno muy grande en el campo de los reconocimientos deportivos. Es cierto que el fútbol es un deporte de conjunto, pero nadie podía olvidar que las individualidades habían marcado épocas y habían empujado a sus equipos a los más altos destinos. La memoria siempre le rendiría ese reconocimiento a nombres como Alfredo Di Stefano, Eusebio, Pelé, Cruyff, Beckenbauer, Bobby Moore, Diego Armando Maradona, el Pibe Valderrama, Ronaldo, Ungaretti o Richard Butler.

La formación de los dos equipos reunía a las estrellas más rutilantes del balompié de ese momento. Atlantes alineó a Boris, Romualdo, Vladímir, Cerezales, María Ugarte, Zenobia, Majunga, Brigitte, Camila, Ungaretti, y Luisa Mujujajoy. La alineación del Central, dada a conocer a última hora, la constituían, Krasicki, Alejandro, Sofía, Baunti, Adelaida, Teresa, Quintana, Alicia Cifuentes, Claudio, Moctezuma y Richard Butler.

El partido no fue inferior a las expectativas ni a los cálculos. De lado y lado se desataron jugadas magistrales que encendieron el fer-

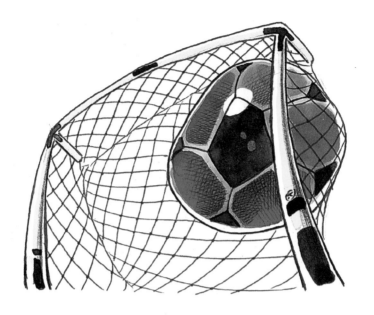

vor de los hinchas. Tal vez la única excepción la protagonizó Quintana cuando ante el sorpresivo desmarque y el veloz avance de Ungaretti, a los quince minutos del primer tiempo, le hizo falta y lo derribó de mala manera en el área de penalti. El juez señaló la infracción, y el mismo Ungaretti se encargó del cobro. Seco y veloz, el tiro fue imparable.

El resultado final favoreció a Atlantes por el marcador de tres goles a uno. Los hinchas del Central responsabilizaban al árbitro de uno de los goles. Alegaban que Vladímir estaba en fuera de lugar.

Los ánimos se apaciguaron ante el anuncio de que el jurado daría a conocer de un momento a otro su decisión acerca del futbolista que se haría acreedor a la Copa Universal al Mejor Jugador de Fútbol del Año. En los computadores al servicio de los jueces apareció toda la información pertinente. Luego de análisis, juicios y discusiones, quedaron dos nombres en consideración. Los de Camila Guayana y Richard Butler. Ambos mostraban una larga historia de talento, capacidad y triunfos. En el partido que acababa de concluir, Camila hizo dos de los tres goles del Atlantes y Richard Butler efectuó una jugada de antología cuando el balón llegó a su pecho, lo puso en tierra, burló a los zagueros, sacó al portero con un increíble quiebre de cintura y anotó uno de los goles más hermosos de la temporada.

Finalmente le fue concedido el trofeo a Camila Guayana. La mujer, al recibirlo, abrió los brazos, dio un salto de treinta y cinco metros y desde lo alto contempló el campo, la ciudad de cristal, y sus ojos se llenaron de lágrimas al vislumbrar, a través de la visera de su casco espacial, la lejana y maravillosa pelota azul del planeta Tierra.

Los dinosaurios

os dinosaurios estuvieron al borde de dar un salto glorioso en el proceso de la evolución y por lo tanto, de haber accedido a las formas más desarrolladas e inteligentes de la naturaleza.

Eso ocurrió el día en que los dinosaurios inventaron el fútbol. Decidieron entonces jugar un partido mundial y, aconsejados por un Tiranosaurio Rex, ducho en regate con pisada y recepción con finta, escogieron como adversarios a unos mamíferos flacos y temblorosos que vagabundeaban sin ton ni son entre las altas hierbas.

Los dinosaurios, en contra de los pronósticos, de manera increíble, perdieron el partido. Entonces, agobiados por la tristeza y avergonzados por la derrota, desaparecieron.

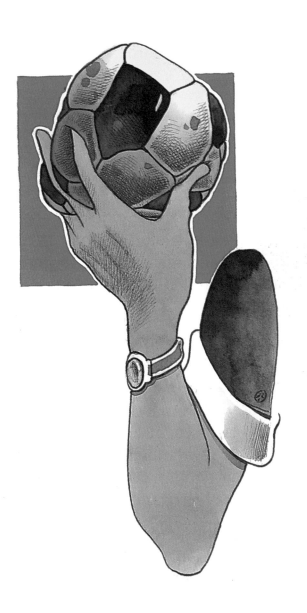

El árbitro

a mujer detuvo el vaivén de la silla en que estaba sentada y, con voz temblorosa, musitó:

–¿Hijo, qué has dicho?

El joven que estaba a su lado tomó una de las manos de la mujer y exclamó:

–Ya lo has oído, mamá. He decidido ser árbitro profesional de fútbol.

La mujer no pudo contener las lágrimas.

–No es una tragedia –dijo el joven–. En esta casa he aprendido a amar el deporte y desde el principio me atrajo de manera irresistible el arbitraje. Considero que el juez, a pesar de su neutralidad, es el jugador número veintitrés de la cancha.

–Pero... a los árbitros los tratan muy mal –dijo la mujer–. Los hinchas los odian. Nunca obtienen ningún reconocimiento. Si un equipo pierde, es por culpa del árbitro, y si gana, es a pesar del árbitro. Y como si eso fuera poco...

La mujer interrumpió sus palabras. Sacó de la manga un pañuelito bordado y se sonó con delicadeza.

–Y, como si eso fuera poco... –continuó la mujer–, al árbitro, con frecuencia digna de mejor causa, siempre le están recordando a su madre.

–Esos son gajes del oficio –dijo el hombre.

–No. No puede considerarse de esa manera. Es cierto que algunos árbitros se equivocan. Que de vez en cuando alguno de ellos es deshonesto. Lo mismo ocurre con jugadores y directivos, pero ninguno de ellos está sometido a la picota pública en la que, por

sí o por no, al árbitro y a su madre los dejan sin honor.

–Todo oficio, como la vida misma, tiene su parte oscura y su parte clara –aceptó el hombre–. Si todos los futbolistas, en todas las ocasiones, acataran las reglas, jugaran limpio, y no recurrieran a la violencia, entonces el árbitro no sería necesario.

–Espero que llegue ese día –dijo la mujer.

–Esa es una utopía –dijo el joven.

–El juego es una utopía –afirmó la mujer.

–Así es.

–Siempre he respetado tus decisiones –dijo la mujer–. No me queda más remedio que darte mi bendición.

–No te preocupes –dijo el hombre–. Todo saldrá bien. Sé lo que en este momento está pasando en tu corazón. Conozco el caso de la madre de un árbitro que llegó un día al estadio en el que pitaría su hijo y repartió cientos de hojas en las que aparecían constancias, declaraciones juramentadas, certificaciones –todas avaladas con firma y sello de notario– en las que constaba que ella era una mujer honorable.

La mujer sonrió. Tomó con fuerza las manos de su hijo y, con voz firme, dijo:

–¿Y tú cuándo pitas un partido en calidad de árbitro profesional?

–Dentro de un mes. Me van a dar la oportunidad de hacerlo gracias a mis condiciones.

–Que tengas suerte –exclamó la mujer.

Treinta días después ella llegó al estadio donde su hijo arbitraría el encuentro de fútbol. Repartió cientos de hojas en las que aparecían constancias, declaraciones juramentadas, certificaciones –todas avaladas con firma y sello de notario– en las que constaba que su hijo era un hombre honorable.

El guardameta

Bajo los tres palos, Alisio Cartagena se sentía como un pájaro con la obligación de detener con sus alas los vendavales del mundo. Cuando los adversarios golpeaban el balón en dirección a su portería, él sabía que lo que tenía que tapar no era la pelota sino el ojo de un huracán.

Se movía con agilidad en su área y en ocasiones salía con el balón a la manera de René Higuita. Esos avances revivían alborozos y sustos de la infancia. En esos terrenos lejos de su portería se sentía como un niño que entra en la huerta del vecino a robar manzanas.

Las sombras caían en palomita sobre la ciudad. Alisio escuchó las voces de los que anunciaban que el autobús estaba a la espera de los miembros del equipo. Se desperezó y encontró a su cuerpo disgustado. No se sentía del todo bien en los partidos nocturnos. Él prefería el sol.

La noche era fría y el público escaso. Las graderías vacías lo deprimían. Esos manchones grises son las banderas de la deserción.

Se acercaba el final del primer tiempo y vio venir el contragolpe. Uno de los adversarios hizo un pase largo que recogió el puntero izquierdo. El puntero avanzó de manera feroz. Pocas veces Alisio había visto correr a alguien con tal determinación. A pesar de la distancia, percibía su resuello, y esa respiración hervía con la fuerza de una borrasca. El delantero pateó el balón, y él extendió los brazos e inició el vuelo.

Alisio Cartagena se despertó en el hospital. A la semana siguiente el médico le dio la mala noticia. El golpe en la cabeza le había causado una ceguera irreversible. A su lado estaban su mujer y su hija. Las tomó de las manos y lloró como no lo había hecho desde que tenía seis años de edad y su hermano mayor lo amenazaba con convertirlo en un niño invisible.

Su carrera deportiva se hizo pedazos. Lo único que sabía hacer era jugar al fútbol. Cancelaron su contrato, y entonces tomó la decisión de regresar a su pueblo natal. Se sorprendió con el recibimiento. Banda de música, voladores, discursos. Para el pueblo, Alisio Cartagena era importante y su condición de ciego no lo demeritaba ante nadie. El alcalde dijo en su discurso que Alisio era un ejemplo para la juventud y que en la Biblioteca Municipal se habían recogido en un álbum los artículos de prensa que hablaban de su vida deportiva. La pequeña aldea no había sido cuna de nadie tan famoso, y sus habitantes abrían los brazos para recibir al ausente.

Alisio se levantaba muy temprano y se sentaba en un banco a la sombra de un encenillo. Y entonces oía crecer el mundo, escuchaba el color de las dalias, la línea ondulada de un caballo que besaba la hierba, las montañas del sinfín con el escándalo de los colores verdes, azules y amarillos. Orejeaba con disimulo el resplandor de los aviones que de vez en cuando cruzaban el cielo. Escuchaba el perfil de su hija, y los ojos de su esposa se hacían audibles. Se sentía maravillado de poder descifrar la oscuridad al encontrar la negra luz de sus soles.

Cierto tiempo después, una comisión constituida por el alcalde, el cura párroco, la directora de la escuela, la señorita bibliotecaria y el encargado de los asuntos deportivos del municipio, llegó a su casa con el propósito de hacerle la más extraña propuesta que hubiera podido imaginar. Lo invitaban a formar parte activa, a jugar bajo los tres palos, a ocupar el lugar de la portería del equipo que participaría en el Campeonato Provincial de Fútbol.

–¿Están locos? –exclamó Alisio–. Soy un hombre ciego.

–No importa –dijo la bibliotecaria–. Hay muchas maneras de ver.

–Un portero ciego llevaría a su equipo al desastre –afirmó Alisio.

–Usted jugó con los mejores equipos de este país y se encontraba a un paso de firmar contrato con el River Plate de Argentina –afirmó el alcalde.

–Está hablando de cuando era dueño de todas mis facultades –dijo Alisio Cartagena.

–Le hago entrega de cien cartas que le envían las niñas y los niños de la escuela, en las que le piden que juegue con nuestro equipo –dijo la maestra–. En una de ellas hay un dibujo en el que usted aparece al lado de René Higuita y de Óscar Córdoba, el portero de la Selección. Los tres reciben la Copa del Mundo y el trofeo es el sol.

Alisio no pudo evitar un estremecimiento.

–Píenselo –aconsejó el cura.

–¿Pensarlo? –exclamó Alisio. No hace falta. Mi respuesta es no. Les agradezco pero no acepto.

El ciego Alisio Cartagena ocupó su lugar bajo los tres palos y jugó todos los partidos del campeonato. Puso al servicio de sus artes de portero el resto de sus sentidos. Percibía el túnel de viento de los disparos a su arco, oía el afilado vuelo del balón, traducía la música de los zapatazos sobre el cuero y en su boca de vez en cuando fluía el gusto arenoso que antecede a un pase de la muerte.

El equipo ganó el Campeonato Provincial de Fútbol. Alisio recibió el trofeo y encabezó la vuelta olímpica seguido por sus compañeros y por centenares de hinchas delirantes. En su pueblo todos se sintieron orgullosos, no sólo por el título, sino por el inmenso privilegio de tener en el equipo a un maravilloso portero que jugaba de oído.

El ángel

–¿Los futbolistas tienen ángel de la guarda? –preguntó la niña.

–Claro, como lo tienen todas las personas –contestó un hombre vestido con una sudadera de color azul eléctrico y tocado con una cachucha que recordaba las que en su época lucía Amadeo Carrizo.

–¿Y cómo son los ángeles de los futbolistas? –indagó la niña.

–Pues... como todos los ángeles.

–¿No hay diferencias entre uno que cuida a un futbolista y otro que protege a un bombero? –preguntó la niña.

–Creo que no. Todos tienen figuras de adolescente, poseen alas y usan túnicas. Son invisibles salvo para las personas transparentes de corazón y para las niñas y los niños que se aventuran a mirar el mundo con los ojos de los pensamientos.

–¿Y por qué usan túnicas?

–Ése es su uniforme –afirmó el hombre.

–¿Y los ángeles de la guarda les ayudan a sus futbolistas a meter goles?

–No. Ellos son absolutamente neutrales. Los hombres y las mujeres ejercen sus oficios bajo su propia responsabilidad. Sólo conozco una excepción a esa regla.

El hombre y la niña avanzaron a lo largo de un terraplén alfombrado de tréboles. Luego treparon a una roca y desde allí contemplaron el discurrir del río. Un hombre pájaro tripulando un parapente trazó una línea roja en el cielo.

–Abuelo, cuéntame la historia del ángel raro –suplicó la niña.

–Ésa es una buena palabra para designarlo –aceptó el hombre–. Por lo general, los ángeles de la guarda son muy pacientes y viven detrás de sus protegidos como una sombra o como un perro suave y fiel. No hacen preguntas, no reclaman nada, no interfieren en las acciones o en las reflexiones de las personas. El ángel al que me voy a referir le correspondió a un extraordinario jugador brasileño llamado Garrincha. A este ángel no le gustaba el fútbol, así que dejaba al hombre solo gran parte del día y de la noche. El ángel se negaba a acompañarlo en los estadios y se iba a recorrer la ciudad, a visitar museos, a frecuentar bibliotecas, o a escuchar conciertos de música erudita. Amaba a Antonio Vivaldi, Johann Pachelbel, Wolfgang Amadeus Mozart, Friedrich von Flotow, Reynaldo Hann y los Beatles.

En el cielo apareció una mujer pájara navegando en un parapente amarillo. A lo lejos, en el valle, el hombre pájaro hizo un giro suave, y entonces los colores rojo y amarillo le dibujaron una espiral al firmamento. La niña los contempló por unos instantes, pero, fiel a la persistencia con que las niñas y los niños abordan los cuentos, urgió a su abuelo en la continuación del relato.

–En un partido muy importante que se jugó en un estadio del Viejo Mundo, Garrincha fue sometido a un acoso permanente e injusto por parte del árbitro. El juez anuló uno de sus goles que, era absolutamente legítimo, y hacía la vista gorda ante las agresiones de los adversarios que querían sacarlo violentamente del campo.

–¿Y por qué hacían eso? –preguntó la niña.

–A veces los seres humanos no son tan limpios como deberían serlo –contestó el hombre.

–¿Y hay un árbitro para el árbitro?

–Sí: su conciencia.

–Y luego... ¿qué pasó? –preguntó la niña.

–Los golpes lanzados con marrullería contra el brasileño, no cesaban. Ante esa situación, el ángel de la guarda del director técnico del Brasil decidió buscar al ángel de la guarda de Garrincha para que lo protegiera. El ángel se encontraba en una galería de arte, embelesado ante una pintura de Giovanni Da Fiesole, Fra Angelico. De mala gana regresó al estadio. Los veintiún ángeles de la guarda de los demás jugadores lo pusieron al tanto de la situación y, entonces, el ángel de la guarda de Garrincha, conmovido e indignado, decidió intervenir. Con un pase de sus alas sometió a Garrincha a un sueño profundo, lo volvió invisible, y él tomó la forma y apariencia del jugador. Saltó a la cancha y, desganado al principio, paulatinamente le tomó gusto al juego, descubrió para su regocijo el arte del fútbol y jugó de manera tan extraordinaria que críticos, periodistas, directivos, jugadores e hinchas afirmaban que muy pocas veces habían visto en la cancha a un jugador tan maravilloso. Tengo entendido que Garrincha y su ángel de la guarda hicieron un pacto y desde ese momento el ángel jugó por él. Y no dudo de ese milagro, porque, desde entonces, todos los que vieron jugar a Garrincha, los que fueron testigos de su alegría, de su destreza, de sus piques, pases, fintas con la vista, con el cuerpo, o con los pies, los que admiraron sus giros, gambetas, y sus goles magistrales, afirmaban todos a una que Garrincha jugaba como un ángel.

Sinfonía del fútbol

A Santiago Niño y Francisco Zumaqué,
cracks de la música

maba por partes iguales a la música y al fútbol. Se sentía transportado por la gracia en un estadio o en una sala de conciertos. Cuando se sentaba al piano o dirigía una orquesta, en su interior se alineaba un centro delantero que corría de manera sabia e infatigable, dispuesto a coronar sus avances con los goles de la música.

Entonces, fiel a su pensamiento, decidió componer la SINFONÍA DEL FÚTBOL. Fue un trabajo largo y difícil. Los días y las noches lo encontraban corriendo sobre las hojas de una partitura que poco a poco se poblaba con los signos en los que el juego cantaba. La fatigante tarea la presidían sus maestros: Ludwig van Beethoven, Johannes Brahms, Paderewski, Rajmáninov, Mahler, Villalobos, Pelé, Amarildo, René Higuita, Faustino Asprilla, Marcelo Salas, Ronaldo, el Pibe Valderrama. La preparación del concierto le exigió más de dos tiempos, hasta que, finalmente, llegó el momento del estreno.

Dividió la orquesta en dos equipos, compuesto cada uno por once músicos, y él subió al podio con el propósito de arbitrar el concierto, ayudado por el silbato y por las manos. En el fondo del escenario se acomodó el coro mixto que, con sus voces y cantos, representaba la exaltada y loca presencia de los hinchas.

La alienación de uno de los conjuntos seguía el esquema de cuatro-cuatro-dos. Esta táctica les permitía a las maderas mediocampistas surtir de música a los violines delanteros y, sin renunciar a su capacidad de penetración y desdoblamiento, efectuaban tiros al arco que custodiaban los instrumentos de percusión del equipo contrario.

El otro equipo obedecía a la táctica del cuatro-tres-tres y ponía énfasis en la destreza de los tres violines de punta. Los violines, en determinados momentos, acudían en ayuda de la zaga encomendada a los cobres y a la batería. Esta técnica está muy cerca de la música total.

Con el pitazo inicial del director se precipitaron las jugadas. Un violín le hizo una finta a un violonchelo adversario y penetró entre la recia oposición de los contrabajos. De pronto tomó la esfera del sonido una trompeta y la lanzó hacia los tambores del conjunto contrario. De allí la devolvieron a una viola, que la cabeceó en el aire. La viola la despejó en dirección a las maderas, y en ese instante se formó un borbollón en el que participaron los cobres y, en un salto espléndido, el primer violín marcó un gol que se hizo audible en los desatados golpes de los timbales y de los tambores y en las arrebatadas voces del coro. Los violines festejaron el gol acompañados por los platillos y por las cuerdas de los contrabajos.

El árbitro ordenó que el sonido volviera al centro del campo, y se reanudó el juego prestamente. El coro ruge y canta y una parte del mismo le hace barra a uno de los conjuntos y la otra anima al contrario. En ocasiones se escucha el triángulo que funge de aguatero y que no desaprovecha ocasión para refrescar a los jugadores con el agua de su timbre.

El director le baja la voz al piano, que protesta, y calma los ánimos de una pareja de

clarinetes que reclama la ley de ventaja. Cobra el trombón y un clarinete recibe el pase y gambetea a un corno y se desmarca hasta que el piano lo detiene y el aire lo recupera un violonchelo que hace ostentación de su calidad de crack. El árbitro ordena un tiro libre directo. Lo cobra un violín, que chuta magistralmente y anota un armonioso gol para su equipo.

El árbitro conduce con limpieza el encuentro. De buena manera le llama la atención a las cuerdas de uno de los equipos y no duda en señalar un tiro de esquina que hace efectivo una trompeta. Para honra y buen tono del cotejo, es necesario decir que el director no se ha visto obligado a señalar un tiro penalti. Él siempre encuentra en sus músicos una disposición para el juego caballeroso.

El concierto tiene un primer tiempo de cuarenta y cinco minutos, un descanso de quince minutos, y un segundo tiempo de cuarenta y cinco minutos. Al final, los hinchas de dentro y de fuera del escenario premian con sus aplausos a los jugadores. El único inconveniente de este partido es que nunca jamás se sabe cuál de los dos equipos ha ganado.

La estrella

 l astronauta Neil Armstrong contempló la comba parda del horizonte lunar. Saltó suavemente y alargó la pinza con el propósito de recoger muestras del suelo de la luna. Miró hacia atrás y contempló sus huellas sobre el polvo. Sonrió al pensar que esas huellas se mantendrían, a lo largo del tiempo, nítidas e intactas. En la Tierra el polvo es vulnerable. Escribir sobre el polvo es como hacerlo sobre el agua. Neil Armstrong bordeó un conjunto de altas rocas y se detuvo estupefacto.

–¡Oh, mi Dios! –exclamó.

En la base espacial de Houston los científicos y los técnicos se estremecieron al escuchar la voz del astronauta.

–¿Qué ocurre, comandante? –le dijeron.

–No lo puedo creer –balbuceó el astronauta.

–¿Está en dificultades? –le preguntaron de manera ansiosa desde la Tierra.

–No. Pero esto parece una alucinación. Un delirio.

–¿A qué se refiere, comandante?

Se hizo una pausa larga. En el centro espacial de Houston se dispararon las alarmas de máxima alerta. Transcurrieron segundos interminables. De pronto se escuchó la carrasposa voz del astronauta.

–No lo van a creer –dijo.

–Por favor, ¿qué ocurre?

–He encontrado un balón entre las rocas.

–¿Un balón?

–Sí. Una pelota de *soccer*.

–¿Una pelota de *soccer*?

–Sí. Un balón de fútbol.

–¿Un balón de fútbol? –repitieron desde la Tierra.

–Un balón de fútbol, de *soccer*, de balompié –gritó el astronauta.

Se hizo un silencio que parecía un hilo tenso entre la Tierra y la Luna.

–Comandante –dijo un técnico de la base espacial de Houston–, usted y Aldrin son los primeros seres humanos que han pisado la luna. ¿Está seguro de lo que dice?

–Absolutamente seguro.

El astronauta mostró a las lentes de la televisión el balón que tenía en las manos.

–Es increíble –exclamaron en la Tierra.

–Pido instrucciones –dijo Neil Armstrong–. ¿Qué hago con él?

El silencio se prolongó en un espacio de incertidumbre, de incredulidad y de angustia. De vez en cuando la estática sonaba como el crujir de una estrella. Finalmente se escuchó una voz desde el centro espacial.

–¡Chútelo!

–¿Qué dicen?

–¡Patéelo! ¡Chútelo!

El astronauta vaciló unos instantes. Luego lo colocó en la arena, retrocedió unos pasos y lo golpeó con fuerza. El balón se elevó con una velocidad sorprendente hasta que se perdió de vista. Se liberó de la fuerza de gravedad de la luna y salió al espacio y voló gracias al taponazo cósmico y se acercó al planeta Tierra. Se incendió en el momento en que atravesaba la atmósfera. Un niño contemplaba la noche desde un ventanal y vio el destello.

–Abuela, ¿qué es esa luz que veo en el cielo? –preguntó.

–Es una estrella fugaz –dijo la mujer–. Pídele un deseo.

El niño sonrió y, con toda la fuerza del corazón, deseó que ese año se coronara campeón el Deportivo Cali.

Correverás

l paraguas ocupó un lugar en el rincón. El pico plateado se apoyó en el maderamen del piso y sus trapos mojados semejaban alas negras castigadas por la tempestad.

El doctor Ovidio Salamanca se despojó de su abrigo. Nunca podía dejar de pensar en el perchero como en un árbol sin hojas. Algunos percheros eran tristes porque se veían obligados a soportar prendas que colgaban sin gracia de sus ramas. Otros, en cambio, iluminan los rincones con la cosecha de cachuchas, bufandas, sombreros y gabardinas de la infancia.

La lluvia golpeaba los cristales de las ventanas de la Biblioteca Nacional. Ovidio Salamanca avanzó a lo largo de un umbrío corredor. A sus narices llegaron los olores de los libros, el acre sudor del papel, el perfume de las palabras de los libros de versos. Desde hacía cinco años acudía a ese lugar, empeñado en una investigación monumental acerca del mundo de los juguetes. Salamanca pensaba que en el juguete se encuentra una clave esencial acerca de la condición humana. La ciencia, para él, no se podía despojar del fervor ni de la sabiduría de los juegos, y la tecnología le rendía un inocultable tributo a los juguetes. ¿No son juguetes maravillosos los aviones, las computadoras, el arte audiovisual en todas su formas, los microscopios y los telescopios, los camiones y los barcos? Como una afinada síntesis de sus estudios, había asumido el reto intelectual de encontrar el juguete por excelencia. El artefacto universal, perfecto, feliz, completo e intemporal.

El viejo ujier Uldarico Santana acudió presuroso al encuentro del doctor Salamanca. Se saludaron con afecto y Uldarico recibió la lista de libros que el investigador había escogido para su trabajo del día. Salamanca ocupó la silla de madera y corroboró que esa silla era un agradable insecto que giraba gracias a su cintura de coleóptero. Acarició la mesa con la unción con la que se palpa el lomo de un cuadrúpedo doméstico.

La lluvia no cesaba y el erudito sonrió al pensar que el agua es –entre otras cosas– un juguete maravilloso. Dúctil y mágico. Cuando se juega con el agua, jugador y juguete son una misma cosa. Colocó el estilógrafo en una ranura de la mesa, y ese instrumento era, ni más ni menos, un dedo que nombra las cosas con su lengua de tinta. Jugó un rato con la cadenita que prendía y apagaba la lámpara colocada en un extremo de la mesa y se dispuso a acomodar la pila de libros que Santana le facilitó.

–¿Cómo va el trabajo, doctor? –le preguntó el ujier.

–Bien. Estoy a un paso de terminarlo.

–Ha sido un juego largo –dijo el viejo.

–Es cierto.

–El tema de su estudio es muy bonito. Todo en la vida juega.

–Así es –concedió el doctor.

–Juegan los árboles, el viento, los animales, las niñas, los niños, los adultos y los viejos.

El doctor Salamanca sonrió. Miró con simpatía al ujier y dijo:

–Ahora descubro que hay un libro en esta biblioteca que hasta hoy no he consultado.

–Hay varios, doctor.

–Me refiero a usted. Un día de estos le pido ayuda.

–Yo soy un ignorante. No sé nada. Pero estoy a su disposición.

–Me falta resolver un asunto para concluir mi trabajo. Es un punto en el que estoy bloqueado, atascado.

–¿De qué se trata, doctor?

–Tengo que hallar el juguete perfecto. Sin edad. El juguete de los juguetes.

–Algo así como el papá de los papás, el chacho, el campeonísimo, el rey –exclamó el viejo.

Salamanca sonrió y dijo:

–Sí. El padre de los padres de los juguetes.

–En la estantería del fondo hay un libro que usted no ha consultado, y en él puede encontrar lo que busca –dijo el ujier.

–Me gustaría verlo.

–Acompáñeme.

El viejo y el doctor Salamanca se movieron hacia el fondo del salón. Salamanca se percató de que la lluvia había cesado y el resplandor del sol se metía por todos lados.

–La luz es otro de los hermosos juguetes del hombre –murmuró.

–¿Qué dice, doctor?

–Nada. Estoy pensando en voz alta.

–Mire. El libro del que le hablaba es aquel que está en lo alto del estante. El que muestra el lomo negro y blanco y que desde aquí se ve tan bonito. Use la escalera. Suba y tómelo usted mismo, porque yo estoy muy viejo para llegar a esas alturas.

Salamanca subió los peldaños de la escalera y tomó el libro que –sin poderlo evitar– resbaló de sus manos y cayó al suelo.

–No lo deje ir, doctor –suplicó Santana.

Salamanca bajó presuroso los escalones y se sorprendió al ver que el libro correteaba de un lado para otro como si fuera un animal con mil pies de papel.

–Que no se le escape –gritó el viejo.

El doctor Ovidio Salamanca, tembloroso y perplejo, siguió al libro, que se arrojó a lo largo del corredor, superó un laberinto de pasadizos, atravesó un salón, dos patios, una sala, y, finalmente, ganó el umbral y salió a la calle escaleras abajo. En el último tramo de su huida dejó atrás su forma de mil pies de papel y llegó frente a un grupo de niños que pasaba por el lugar. Convertido en pelota se detuvo a sus pies. Uno de los niños le propinó un chute fuerte y la pelota dio un giro hermoso y cayó entre los brazos del doctor Ovidio Salamanca.

Abendmusik

Helmut Gernsback no se había recuperado del todo de la lesión que lo mantuvo seis meses alejado de las canchas. Conservaba la confianza del director técnico y la de sus compañeros del Bayer-Múnich. Mantenía su agilidad, su fuerza, su gusto por el juego, pero en los momentos decisivos, en los avances, al recibir un buen pase, al tratar de gambetear a un adversario, no podía evitar que en ocasiones le hiciera zancadilla un miedo afilado que le helaba la sangre. Esos temores desaparecían en una fracción de segundos, pero en ese lapso se había echado a perder la armonía necesaria para inventar sobre el campo el tejido que concluye con la gloria del gol.

Lo habían alineado en el encuentro crucial contra el Milán y presentía que su futuro dependía de lo que hiciera o dejara de hacer ese día en el campo. Lo sobresaltó el sonido del silbato con el que se daba la señal para iniciar el partido, y los aullidos de los hinchas le cayeron encima como una lluvia densa. Y entonces, al despejar de media volea un balón difícil, escuchó el sonido del violín. Permaneció estático unos segundos tratan-

do de hallarle una explicación a la música que sobrepasaba la desmesurada vocinglería de los hinchas y, perplejo, de espaldas a la lógica, descubrió al violinista en medio de la multitud. Sus rasgos eran borrosos pero, a pesar de la distancia, su imagen se destacaba en la gradería, y la música del violín lo condujo velozmente al recuerdo de Bremerhaven, la ciudad en la que había nacido y en la que aprendió a jugar al fútbol. Su familia siempre se opuso a esa decisión. Fincaba su esperanza en que él fuera músico, como lo habían sido su abuelo y su padre. Ellos tocaron bajo la batuta de Herbert von Karajan en la Orquesta Filarmónica de Berlín. Helmut había aceptado inicialmente ese destino. El violín que lo esperaba desde la cuna fue el único juguete de su infancia. A él le gustaba ese instrumento. Era cálido, conservaba un alma de gato y, cuando lo colocaba bajo la barbilla, el arco era capaz de extraer de las aguas de ese pozo toda la música del mundo. A pesar de la imposición familiar y de su disciplina, se hizo evidente su precaria capacidad para la música. Se vio obligado a abandonar las aulas del conservatorio. Su padre lo condujo, entonces, a la escuela de finanzas pero, para su fortuna, apareció el fútbol un verano en el que Alemania y el primer amor eran una pradera. Rememoró las siluetas de los barcos y un lugar en Bremerhaven en el que tenía al alcance de la vista la presencia de los astilleros. Recuperó la imagen de un pájaro marino, solo, gris, agonizante, que de manera serena descendió en medio de la bruma y cortó el hilo de su vuelo, hundiéndose bajo las aguas. La música se impuso al estruendo de la multitud y a sus oídos llegaron las notas del concierto para violín en La menor de Juan Sebastián Bach.

El vapor memorioso al agua de la ducha era otra vez el invierno. Se enfundó en la sudadera reglamentaria que mostraba en la pechera, en grandes letras rojas, las palabras Bayer-Múnich. Percibió a la multitud que salía del estadio y se lanzó en medio de la gente, con el propósito de hallar al violinista. Aguzó en vano la vista, en su afán de encontrarlo. De repente, un hombre alto, flaco, pálido, se le acercó y, con voz imperativa y suplicante a la vez, le dijo:

—Apúrese. Vamos. Lo están esperando.

Helmut lo siguió, a través de las calles de la vieja ciudad, hasta un edificio en el que se erguía una hermosa fachada de piedra. El desconocido lo empujó a lo largo de un corredor. En una habitación lo esperaba un traje oscuro que reposaba sobre una silla como un pájaro muerto. El desconocido le rogó que se cambiara de ropa. El futbolista, incapaz de comprender pero a la vez de negarse, lo hizo con presteza. Salió al pasillo, donde el hombre alto y flaco lo esperaba.

–Por favor –dijo el hombre–. Está retrasado. Apresúrese.

Helmut copió los pasos del hombre, que ganó una escalera de caracol. Desembocaron en un sitio adornado con altas cortinas. Entonces el desconocido colocó un violín en las manos de Helmut y empujó a éste al centro de un escenario iluminado. Fue recibido con una salva de aplausos. Tembloroso, perplejo, Helmut Gernsback, como si estuviera impulsado por una fuerza sobrenatural, avanzó, se colocó el violín bajo la barbilla, levantó el arco y tocó, de la manera más excelsa, el concierto para violín en La menor de Juan Sebastián Bach. Al terminar, fue ovacionado por el público. La sala se iluminó tenuemente y Helmut descubrió en una de las filas del fondo a un hombre joven, vestido con una sudadera que mostraba en la pechera las palabras Bayer-Múnich. El joven se había puesto de pie y gritaba: ¡Bravo! ¡Bravo! Helmut dio unos pasos en dirección a la boca del escenario, con el deseo de identificarlo, y en ese momento sintió el peso de la pirámide de compañeros que le cayó encima. Los futbolistas lo felicitaban por el espléndido gol que acababa de marcar en el último minuto. Gol con el que el Bayer-Múnich ganó el partido y a la vez la copa de la UEFA.

Historia

L a playa parecía una húmeda e interminable cancha de fútbol. Los dos hombres –uno joven y otro viejo– se habían arremangado las botas de los pantalones y sostenían los zapatos en las manos. Los pies descalzos dejaban huellas que semejaban firmas, autógrafos que, escritos sobre la arena, eran borrados con presteza por el agua.

–¿Has notado que este campeonato mundial de 1962 es como un ser vivo que uno encuentra dentro y fuera de los estadios? –preguntó el viejo.

–Así es –aceptó el joven–. Hoy Chile es una persona amistosa.

Un equipo de pájaros descendió a la playa y picotearon la arena con insistencia, como si fueran agujas de una máquina de coser empeñada en remendar la espuma.

–Creo que Brasil va a ser el campeón –aseguró el viejo.

–Yo doy mi voto por Checoslovaquia –dijo el joven.

–¿Viste el partido de ayer entre Colombia y la Unión Soviética? –preguntó el viejo.

–Sí. Fue un encuentro formidable. Me gustaron los colombianos. Perdían por dos goles a cero. Hicieron un gol, y poco tiempo después los soviéticos ganaban por cuatro a uno. Finalmente Colombia empató cuatro a cuatro.

–Esos empates saben a triunfo –aseguró el viejo–. El Caimán Sánchez y sus compañeros jugaron con el corazón, y cuando eso ocurre, es como si en ese instante se inventara de nuevo el fútbol.

–Ese honor no siempre corresponde a los ingleses –dijo el joven.

–Doscientos noventa y seis años antes de Cristo, en China, jugaban el *tsu-chu*. Tsu significa "chutar", y chu, "pelota" –aseguró el viejo–. Y para no ir más lejos, aquí, en Chile, los araucanos lo jugaban antes de la llegada de los españoles.

–No tenía la menor idea –aceptó el joven.

–Lo llamaban *trumun* y era muy semejante al fútbol de hoy en día –dijo el viejo–. Se dividían en dos equipos, cada uno constituido por cuatro jugadores. Un árbitro daba la señal para comenzar el cotejo, y los araucanos, con los pies, impulsaban la pelota que tenía como objetivo llegar a un punto del campo defendido por un equipo o a otro equidistante protegido por el contrario.

–En esencia, lo que es el fútbol que conocemos –dijo el joven.

–Ni más ni menos –dijo el viejo–. Los balones de los araucanos estaban hechos de paja prensada, corcho, madejas de algas o vejigas de animales infladas con aire.

Los dos hombres caminaron en silencio. De un lejano bosque de castaños se desprendió un pueblo de pájaros. Rojos, amarillos, violetas, blancos. Se desparramaron como si una mano de luz hubiera lanzado al vacío los coloreados granos de arena de la playa del cielo.

De pronto una ola vigorosa hizo un saque de banda y colocó a los pies de los dos hombres una magnífica pelota hecha de algas. Perfecta. Con el tamaño y tal vez con el peso reglamentario de los balones de fútbol. Los hombres sienten que esa jugada viene del fondo del tiempo, que un araucano futbolista ha hecho una chilena eterna, y entonces el viejo la toca con el pie y le hace un pase al joven, que cabecea, y la bola sale en dirección al arco del sol, que se levanta en el verde césped del mar.

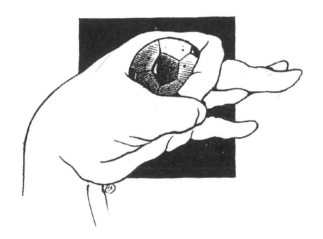